Für Frau

Dr. Eva Osswald

herzlich

Claus Westermann

Klaus Demus

Im Abend dieser Stunde

Neske

Verlegt bei Günther Neske Pfullingen
Umschlag von Brigitte Neske
Gesamtherstellung
bei Wilhelm Röck, Weinsberg
Printed in Germany
ISBN 3 7885 0302 5

I

Freies, Kürzeres

Vorsokratisches

Verschieden erscheint dir die Welt
Tag um Tag, nach ihrer Wahrheit.
Wenn die unfaßliche auch
heut du zu schaun glaubst,
morgen doch, und aus dem Grund,
erneut sich die Offenbarung.

Nie wirst du wissen, ob sie,
ob du dich gewandelt,
ob das Unendliche nur
vor deinen Blicken funkelt
und zu der Schöpfung Tanz
Träume sich schlingen,
oder immer das Eine kreist.

Neujahrsgang

Erbraust in ringenden
ästeschlagenden Kronen
durchwühlt den Wald
des krähendurchmischt
blauaufgerissenen Neujahrstags
Sturm- und Lichthimmel.
Der nackten Hartholzwälder
glanzhüglig graues Erwogen
schwärzt Wall über Wall die
ferntief ergoßne Blendung.
Zukunft treibt dort im Tor,
das Ganze scheidet sich,
gewaltsamen Ursprungs.

Iden des März

Dicht wie Rauch
schneits herein durch die Eichen,
fast das Gesträuch schon
ein einziges Weiß.
Spätwinters dunkler
erstaunlicher Morgen
schafft Licht um im Wald.

Es wächst und es hellt.
Unterm Felsdach des ewig
düsternden Tags
wird das Haus bewohnt.
Die Kirche, die Orgel, der Chor.
Und der vielen Kerzen
goldener Zublick
strahlt wider von Pfeilern, Gewölben.

Lebensschichtung

Es ging übern Hügel herum
im Wald graustämmiger Bäume
am seltsamen Tag;
dann, an der Schlucht,
war ein Ende, ausgehoben,
und Rückkehr, viel zu früh,
ein Verlassen der älteren Zeit, dort.
Das liegt die halbe Welt zurück
in finsteren Jahren,
wie ein Schuldloses, verraten.
Tränenheißer Verlust
brennt noch, stärker
als wenn man sich weint in Schlaf.

Beim Spielen Haydnscher Musik

Wahr:
durch ein Morgen- und Wiesenland
geh ich jetzt auf die Sonne zu,
groß hebt sich der Reiher dort
über die Erlen des Bachs;
die hundertjährige Zeit
ist jetzt meine, die nicht vergeht.
Baumalterweit
hinter alles was ich noch weiß in mir
bin ich zurückgestürzt:
es tönt vollzählig und laut
wie der Vogeltag, wie die Sternennacht;
keine Speiche fehlt noch im Rad der Welt,
und niemals war eine mehr.

Aufstieg

In der Art des Mondes
ging mir ein Licht auf,
als ich heraufkam drunten
tief im Gestein;
vergessen schon der Bereich
der Wurzeln, abwärts:
ein Offenes, grau durchschienen,
zeigt' sich voraus,
frei lag der
Glanz auf der Wand.

Schönheit

Als ich
im unbekannten Teil der Nacht
zum Himmel schaute,
sah ich:
Kein Regen mehr,
aber die weißesten Wolken blühn
hauchig und frei,
wie der Rauch überm Heiligtum,
hinziehend in den offenen Tiefen
des dunkelgesättigten
Abgrunds und Blaus und Raums.

Geheimnis

Auf grünem Grund
im Waldlicht
die ungeschlagene Stunde
Traum gegen Abend.

Strahlen im klaren Schatten
bahnen sich Raum,
schwankend in Tiefen;
Laubgezweig
und die süße Amsel schon,
nachbarlich, üben
Zauber im Innern.

Noch das goldene Sein
in den Wipfeln,
und im Abgestandnen
schmälerer Streifen Glut,
feuermüd. Heimat
ist Walds Haus.
Langsam
in Ewigkeit fallend.

Malerei (Tintoretto)

Gold über Erdhöhn
glimmt noch der Wasserschein.
Die Blütenschirme dämmern
auf finsternden Büschen.
Der Abend kam.

Aus Grases Dunkel
schaun wir noch um ins Verleuchten
zwischen den Stämmen, unter den Zweigen,

wie zwischen Fingern
ja in der Dauer haltend,
was für lange, oder überhaupt,
das Letzte ist.

Sommerwechsel

Vorbei das Lichtmaß der Tage,
Linde um Linde im Ruheton,
immer der wildere Schwalbenlaut
im Löschen des Abendgolds,
einander gleich. Vorbei.
Schon füllt sich der Mond
in verschleierter Nacht,
schon räumen die finstren
Wetterzeichen den Himmel nicht mehr,
schon leuchtets auf
fern überm Gebirge. Es ist eine Zeit
vorbei. Gepriesen, was kommt:
sichtlose Regentage, Nebel im Wald,
verhangener Raum, frühes Dämmern;
andere, nahe, suchende Wege.
Gepriesen. Diese Nacht noch wirds
feurig zerreißen, Donnern erschüttern
das Morgengraun.

Abseits, inmitten

Gewiß, dort ihrem Dahinter
waren die Bäume verbündet,
Frische ausriechend grau im
Grau bestehenden Regentagen,
wo Meerestiefen des Lichts
wie in Träumen hausten, herab
unter Wipfel gekommen, daß Gras
und Laubnässe glänzten im Dunkeln.
Leben, zusammengeschoben,
berührt' sich. Endlosem Waldland
stand der Gartenbereich eines Blicks
unzählig grenzhaft beschlossen.
Schwankend durch feinsten Dunst
flattert', das alles besieht, ein
Flügelwesen, die Seele:
zart verzaubert. Ihr Sinnen
stand in des Dichters Herz.

Im Schwanken des Sommers

Wie tausendjährige Kronen
stehn im Gebirgsland heut
die Wolken gebäumt –
inmitten Blaus wächst die Zeit
in Trauben, in Kammern, in Öfen;
noch gönnt Klarheit die Welt,
wurzelnd zur Frucht
glüht lichtreif sich ballend
das höchste Träumen des Augenblicks:
vor dem Nieder- und Einbruch
von Graunis, morgen, Regen, und Enge.

Baum im Mondlicht

Wie ein Mensch
aus dem Schatten ins Mondlicht tritt,
steht der Baum vor mir
am Eingang des Walds:
licht der Leib,
die Arme beschwörend, bezaubernd erhoben,
anblickend aus beschattetem Haupt.
Stummer gewaltiger
Träumer der Erde.
Sein rieselndes Dunkel-Silber
zwingt mich ihm
schaudernd entgegen.

Gleich danach

Bös rot wie Kupfer glüht
wieder hoch die Sonne
im nassen Himmel.
Die Felder die's traf
schwimmen in Lachen liegend.
Perlgrau im Rücken
die Bleiwand folgt
steil ins Ferne heerendem
Abend mit allem.

Im August

Nachthimmel goldner
zuckender Gewitterblitze,
Meerlufteinbruch:
Bäche brausen
getürmt im Finstern
und Donner irren
mit offenen Mündern
zornig in Bergen.

Leuchtend in der Erinnerung

Einmal war ich
in Felsenschrofen Gebirgs
mir selbst überlassen.
Es prasselte scheiternd
an Wänden ab,
und Stück um Stück
auf blutenden Händen schob ich mich
näher zum Grat.
Zugleich
sah ich des Sommertags
Tiefe und Weiten,
es brauste voll im Gesang die Welt,
und um nichts hätt ich
meinen leuchtenden Platz am Gipfel
irgend getauscht.

Die Einheit

Bergwelt droben hinaus,
die Rücken im Abend,
Tal-verhaucht-schon-gehörig,
die Scheitel dem Raum:
wohin hat sich das Heute erlöst?
Wird, eh's im Dunkeln
langsam versinkt,
Hoffnungs-Antwort der Wiederkehr
im Rätsel enthalten sein,
oder das Ziel des Weggehns?
Nein. Wart hinaus
in die sprachlos dumpfe Vergängnis:
unverbunden
dem reißend Verschollnen
klärt sich lebendig
das Licht-Durchstirnte, immer-her
funkelnd, unauszählbar genau.

Die Glückszeit

Einzukehren
ins Goldlicht der Almen,
in der Herbstwärme:
viel Enzianblau mit Sternumblühn,
Disteln und Hummeln;
es spinnt die Glückszeit
die Fäden.

Spätzeit

Tiefer ins Diesige glimmt
die Herbstsonne, Spätzeit,
warmabendlich, überfüllt den
hügelverschwimmenden Talraum,
ein Stillezauber von leisen
Grillen und Farbenglühn,
daß das Herz fast bricht
vor der sanft ins Weite
tötenden Einsamkeit.

Herbstbeginn

Es ist klar auf den Bergen geworden,
klar und kalt. Der Dunst wich.
Alle Nächte strahlt das Gesamt
aller Sterne. Herauf blendend
und im Eintauchen abends
versprüht die Sonne nur mehr das weiße
ungemischte kosmische Licht.
Die Almen hoch glühn im Herbstbrand,
und einsam ist auch, mit der funkelnden
Lichtbahn, der See. Weite
Wege Wandernder, steh
und schau. Bald schon
suchst du am Waldrand die Wärme.

Herbstabend

Wenn schon der Wald überall
sein Haus verschließt
und auch die Wiesen
stärker dämmern
und unheimlich der Tag verfällt:
stehst du abseits vom Weg
wie in Ruinen;
halb selbstgewollt,
halb aber wie wenn das jetzt
die langerwartete Wahrheit sei
dieser Welt. Wie durchs Fenster
blickst du hinein
in die Mitte von Schrecken,
und sie sitzen, näherrückend,
um dich, allesamt, vor dem Sprung.
Aber schau, es steht schon
der halbe Mond
hoch, sich reinend vom Erdenrauch,
unsäglich klar. Laß es finstern.
Du wirst dich retten.

Heimkehr

Such dir
im Schnee, in der Winternacht,
den Weg ohne Spur
zur Heimat.
Geh dann, im Wald verloren,
ein Stern innen leitet dich,
seitwärts:
Es zieht dich an,
wo du hinverlangst,
wo du bleiben kannst,
ihr immer näher.
Schau doch,
es steht schon wie Tore.
Tritt ein.

II

Freies, Längeres

Das Tägliche

Die Sonne ging erst auf.
Still wars, noch nichts in Gang
gekommen auf Erden.
Dann, mit dem Blühn des Scheins dort,
zart und in gleicher Kraft,
flossen lang die Schatten aus.

Gegengestellt ins Licht
begann die Welt, tätiger vorzuträumen.
Klar stand ihr das Erinnerte offen:
alles Getane, so weit
heraufgebracht, lag versammelt,
wartend zutag.

Sie erhob sich; fing an
zu bauen in alter Weise, was
nie noch war, nie wieder sein würde;
gab in den Baum das Licht
für ein langes Heute
und allem an seinem Ort Zeit.

Und als jegliches nach seinem Wesen
lebendig war, der Strom im Glanz ging,
über dem Berg sich schon
die Wolke leuchtend versuchte,
bestimmte sie dem Ganzen das Ziel
und gab das Gesetz.

Auf Bergen

Träume und Weltgedanken
stehn wohl dem Wandrer an
droben auf den Gebirgen:
örtlich nach Lage und Licht
schaubar die Gipfel rings.

Aufgewachsen die alten
stark aus Schluchten blauenden
Fern-Paradiese heut:
siehe die Erde gebaut
wieder am Ursommertag.

Immer noch Wogen, schlagen
Fluchten zerbrochener Schollen
brandend ans ewige Blau,
schlägt die rastlose Zeit,
reglosen Augenblicks.

Himmlisches klares Leben
offene Berge umflügelnd
prägt die zerrißne Gestalt;
schattenfarbene Tinten
bräunen das goldene Weiß.

Überthronend herrschen
hochaufgeschobene Stöcke:
nur eine Handvoll Götter
richten über die Erde,
tragen das höchste Licht.

Wie auf Inseln ist Stille,
aber von Reichen der Welt
ausgeht wie Flammensausen
Rauschen der Fülle: vollzählig
arbeitet, schweigend, das Sein.

Ströme stocken da unten:
Dunst-Durchleuchten von Spiegeln
dringt herauf, wo sich Fernen
Zeit zuwerfen in Räumen,
Länder und Völker hinweg.

Stunden Berge-Erblauens
lassen nicht nach an Kraft,
lohen auch Mauern nicht kühler,
richtet schon Schattenbeleuchtung
groß sich abendwärts aus.

Noch aus der letzten Röte
glühn sie, ein Garten der Erde
aus den endlosen Zeiten,
und in der Zeiten Enden
glimmen sie noch, zuletzt.

Kentaurischer Tag

Ein Tag, da Kräfte ausgehn vom Himmel.
Weißgrau gesträhntes Gewölk wirkt
stürmisches Luft-Dräun
hart vom Gebirgsrand herab,
zornlaut durchwogt aller Wald reiht,
des Zeichens Macht in den Wipfeln,
Ländern hinaus die bewegten Träume;
zusammenrauschend die Welt, am Ort,
mit Blätterschwärmen aus übers Tal und
stoßweis Felswasser fallverstäubend,
und wild bestürzt wie von Flügeljagen
licht-aufschauert der See.

Ins Taggehöhlte, Durchhauste
setztest du aus, herbstmitgetrieben
ins Wandern und Landschaftsbau
Gestalten schleifender Himmel,
fliegendes Farbleuchten und Läubergeruch
fußauf und ins Hohe; und wiesehin,
Waldsaums Brandung entlang
streunend, ins Glühn der Schluchten
tauchst du, grundfeurigen
Erdenhauses Ältestgeträumtes,
und droben im Orgeln der Höhen
mitringst du von Baum zu Baum.

Das Tagwerk erbrausend im Land
schüttet Bergen ausschäumend Flüsse
 dem schnellen Gewalt-Tanz des Stroms ein

auf seinem Meer-Ritt,
düster im Großen auch streicht es
mit windhell flammenden Fenstern
an sich biegenden Wald-Kaps
über die altgegliederte Erde –
ein bis in des Lichtraubs Dämmern
gleichbleibend Gesagtes: du hörst schon lang,
und im Dunkeln der Hänge mitten im Rauschen,
nur immer dein Leben.

Der Adler

Nun ists, tief in der Nacht,
ruhig vom Himmel.
Der Adler fliegt
über frisch beschneite Hügel.
Runde und spitze
baumgetragene Hauben
sieht er, und Säulendunkel drunter hinein.

Einwärts Gebirg,
auffliegenden Wassern der Schluchten entgegen
zieht er, hochauf
zu schneeig durchhäuften wildesten Bergen
und unter Sternen.
Die Lichter der Welt
sind über ihm.

Dort fliegt er
winterverschüttete Erdenketten entlang
wie ein Eisenstück oder Schatten,
und Graueisdämmer und Gipfelbusen
wie Böen gelichteten Dunkels
wehn ihn an im Vorbeizug
bergeschreitender Nacht.

Und der Finsternisstunden
groß aus-, im Hinsturz, geahnte
Kaum-Sichtbarkeiten fahren
dem reglos Bewegten entgegen,
 nicht rück- mehr erschaute

ins Sein gebaute Örter des Traums
jetzt im wilden häuslichen Schnee,

aus ihrer Wurzel gewachsene
Schauplätze eigensten Hier und Da,
daß auch nur Sternglanz fahlt
einheimisch, im Gesetz,
halbhell zwischen Ungrund und Abgrund
dem Vergeßnen der Einsamkeit angeblüht,
das ein Adler sieht, nachts.

Als die Entfremdung vom Freunde schmerzte

Weltabgedrängt in Wald
wie das Wohnungen scheuende Tier,
die flurabgeteilten Länder draußen,
aber dem Hang mit den Disteln,
tiefen Binsenwiesen,
leuchtenden Felsstürzen
hinten im Tal vertraut,
geht der Geist noch des Heimatlosen
im heißen Mittag
oder zur Dämmerung um:
nicht schreckt dich sein Seufzen
neben dir in der Stille,
seine unbeweisbare Erscheinung
beirrt nicht
dort in der Richtung wo der Vogel rief,
sondern brüderlich, Wandrer,
einer der letzten, weißt du dich ihm,
unzählige Traumnächte späteren,
früheverwandt;
vom Mond im Morgengraun
bis wieder zum Mond nach dem Tag,
und durch das ganze Blühn und Sterben,
bückend, pflückend im Zeitlosenfeld,
an Dornen essend:
er gräbt an seinem Grab,
da und dort, und du folgst ihm.
Und vom Rücken gesehn,
kleiner werdend,
entschwindest du, jenem nach.

Altjahrs Ende

Droben im Wald,
wo der Föhn in die Bäume reißt
und das Krachen und Brausen
dunklern Gesang gibt,
tu noch den Gang in den letzten Abend,
dem Neuen zu:

es kündigt sich an
von der Nacht her, die alte
scharf blendende Sonne
weiß es schon, so voll ist ihr
Leuchten im Abschied, und alle
kahlaufwogenden Rücken und Wälder
streift sprechendes Feuer, einer
lauteren Zukunft Vor-Gruß;

nah ist die Nacht, aber
schon wenns dämmert hat dich die
Weihe erreicht,
und der Fall des Gestirns
hinter klarer geschwärzten Kronen,
weiterbrandenden, macht einem
Kommen nur Platz – dem
tief erst im Finstern vollendeten,
unzählig sterneschweigenden
Augenblick.

Das alte Lied

Ein gewöhnlicher Tag ists heut,
grau, Anfang März,
draußen im Land,
und du gehst noch umsonst,
wenn du irgend den Frühling suchst.
Daß schon die Vögel lärmen,
sollte von vielen Jahren her
dich nicht täuschen.
Nichts im Geäst ist zu sehn,
keine Knospen, und keinerlei Grün
auf den winterverheerten Wiesen.

Trotzdem, die offnere Luft
und das weichere Wolkenwallen,
vielzuversprechend vielleicht,
lockten dich, wieder den fügsamern
Boden zu treten. Die Lust
zu Begegnissen, unwiderstehlich,
trieb dich vom Weg, über Äcker
zu freiem Erreichen von Wald,
und du mußt dirs verdienen,
nichts zu achten außer dem Ziel:
Bach und Wasser im Grund,
auch das zähe Gedörn der Hecken
und die unvermutete Schlucht
vor dem Hang mit den Eichen.
Angelangt unter den langen Ästen,
auf trockneren Steinen,
der Wald aber wehrt tief mit Brombeergebüsch,

sinkt dir der Tag.

Nun zeigt die Abendtrübe
vor dir im Weiten
zusammenträumend die Herrlichkeit,
wo Bäume alt
miteinander hausen, ein Rest
Feuchtes zum Spiegel glimmt:
dort wählt sich
heute die Welt, Ruhe zu finden.
Hinter dir wächst das Dämmern
im unbetretbarern Wald. Die Zukunft
blinkt ungewiß, trübe; von fernher
will etwas kommen.

Und all des bist du
durch Generationen deines Erinnerns
schon gewohnt.

Früh im Mai

Noch über das Mittagslicht
wölbte sichs, in eine schon
endliche Leere; fern, über die Sicht
hinaus, in drückender Blendung
fahlten die zittrigen Berge,
und es wuchs, obschon unbewegt,
das Licht und das Schicksallasten
sich einmal aus in der Welt;
wuchs an, und es war – das geschah
aber, von nun an, in einem
Zugleich-Brennen von mehreren Träumen –
wie ein fürchtend-geliebtes Türmen
entgegen dem höchstreinen
Muß des blauen Blitzschlags.

Zeit aber unterlief
auch dieses; immer durchschmolz
bald dröhnende Vergrauung
weiter der Heiterkeit Glanz:
es erklang das große
Nachmittagslied schon bevor
es spät war, zu guten und langen
Zeiten, es konnte das Schöne
bleiben; wiedergekommen, fast, war
Überglück und Erfüllung.
Das lohte ins Erdental
tiefer und erleuchtete feurig
das jetzt erst glühende Grün
und die Blütenhäuser der Bäume.

Die Ladung

Lachst du mir wieder zu,
dunkelaugig im Schatten
abenteuerblickende
Waldzeit? Wieviele Träume
stellst du mir um den Pfad,
morgendlich, Mittagszauber,
abendlich welch eine Welt
hüllst du ins Leuchten!

Immergrünender Raum
goldner Verwandlungen, Tage durch
waltender Ruh. Tief blühn
Lichts Geheimnisse innen,
eins nach dem andern. Immerdar
tönt nur das eine Lied,
vielfältig.

Ewiges Dasein hausender
Bäume, schenkend bist du.
Tröstung flüsternd im Schweigen,
unermüdet im Rauschen
Welt bestätigend, schirmend,
weißt du noch die unendliche
Weise der Erde. Bald, o
bald nimm mich auf, daß ich wieder
ein in das Singen stimme.

Das Entsprechen

Weltinnerstes blendet
die ruhig gläubige Seele erwacht in der Kammer,
wenn grauend ein Tag seines Morgens Rose entfaltet.
Rückkehrend aus Weiten des Schlafs in ihr eigenes Dasein,
sieht sie in Wunder und Fernen
Lichts Abgründe schwanken,
aufwärts im Vorstrahl verschönt: ein erstes
Glühn schon rötet den stillen Heraufklang.

Unübertrefflich
zeigt dort das Seiende sich lebendig und tätig,
vor dem Erscheinen: es probt das Gesetzte
alt-neugeboren das Freudigste dort voraus;
und schönere Anmut
ward nicht erfunden zwischen Jenseits und Diesseits.

Streng unterschieden vom Traum,
dem ältern Geschwister der Wahrheit, steht leuchtend
ihre noch unverhüllte Gestalt, wie gerettet
aus eines Dunkels Verlust, nur
segnend über den Nebeln. Ein Jauchzen
vernimmt im Schweigen die Seele. Und grüßend
betet sie an. Sie übernimmt – ihrer Freiheit Leben –
des Auftrags Vollendung.

Die Wahrschau

Merk aus dem Zeitgang:
Weltträume wandern,
Urgesichte schaun offen
wie Wipfel aus Regenlachen,
fährst du Wald durchstolpernd
oder jederlei Weg dahin
in der furchtbaren Sternnacht
des Jubels oder der Not.
Mit Feuern klar
und in Nebeln glimmend
triffst du das Ewige hier
hausen im Ganz-Schein
des Ungebahnten.
Es baut sich die Flur
gottnah verlassen gewiß
als Taumelstätte
unter sämtlichen Sonnen,
hochliegend, wachäugig
im Antlitzglanz, hervortreten alle
nun die Verstecke der Erde.
Tausendfiedrigen Schwungs aber
rauscht dir der Adler herauf
aus dem Abgrund der Lichter,
Zungen redend,
kerbschattend springt dir
die Wahrheit ins Herz:
Stirb, leb, es gilt gleich,
da ist alles schon über jede
 Vernichtung.

Maibewegt

Hin und her von viel Licht und Schatten
leidet im Maitag heute was neu
zur Welt schaut, so überzählig
sich durch die Wälder wachsend weiß-
blau im Einzelstern wiederholt
und knospenstarr schwärzlich aufglänzt
meerdunklen Wiesen.
Helles erwecktes Grün hat sich
Bäumen herausgetan, ja öffentlich
ausbrachs über und über
ins Blühn für die Bienen.
Zeitüberwanderte ganze Hügel
tragen im Blütenrauch
lichtaufgeflammte Scheiterhaufen,
Kühle glühender Anmut.
Heißgipfelnd niederstrahlt
zwischen grauen Rändern
die Täuschung des Sommers,
wechselnd mit kurzem Vergessen.

Länderfrühling himmelsbewegten
Erdelebens, talüber, Hänge
hinüber, tagausschweifend,
ungewiß-gewiß ist der lächelnd
heilige Ernst, das läßliche
Fieber: klammdurchschäumt
hält Weißdorngesträuch den Hall
in den Felsen, die sandigen grauen
Köpfe, die Föhrenbraue

zuletzt – Zwie-Licht,
unzeitig warm. Durch das Walddach
fallen noch offne Tropfen.

Sechzig werdend

Mit jedem Jahr das du lebst
wird es später, aber das Jetztsein
jünger. Das ist ein Kreis,
der irgendwo hinter dir
sich schließt, aber neu hervorkommt.
Mehr und mehr überholt er dich,
Schleife um Schleife.

Laß dich, Alternder, nicht
beirren: immerdar jung
sind nur Götter. Nicht, die der Frühling
neu auf die Straße stellt,
lachend in einer dir un-
verständlichern Sprache.

Bleib nicht stehn drum, es geht
aufwärts, hier noch, im Hiesigen.
Gipfel sind zu betreten,
Länder zu überblicken,
ein Wald ist zu pflanzen. Wenn auch
kein Baum mehr aufwächst, so hoch,
dir Abendsonne in seine
Krone zu fassen.

Zugewandt, läßt du sie nicht
aus dem Aug. Das wird helfen,
der Schatten Allesverwandlung,
nur sehend am Strahl, nicht mehr
zu beachten.

III

Gebundenes

Glaubenssatz

Es kam. Heroisch rollten
sehr hohe Wogen aus dem Tor der Zeit,
fast wie im ersten Alter. Welt
und Überwelt verwuchsen, so wie einst.
Es wurde Tag um Tag. Wer zählte sie?
Urwälder hüllten immer gleich die Erde.
Und keine Feuer nachts, hell Berg um Berg
aufflammend Trojas Fall nachhaus zu künden.
Kein Licht mehr auf den Meeren. Keine Heimat
in all den Falten, wo die Schatten sich
erst spät am Morgen hoben, aber lang
und leer im Abend leuchtete das Tal.
Gebirge brachen, Ströme irrten seitwärts
in Abenteuern, neue Küsten stiegen,
von dichten Archipelen wehte Duft
geborner Inseln. Bunter Lärm umfing,
sich bald jahrtausendgleich, ein Paradies,
daß aller Erdball scholl. Geschichte lag
geschlossen. Unermeßlich schlang sich wieder
umarmter Tanz ins ewige Gesetz.

Erscheinung

O Wanderer schau auf,
wie Brand am Abendhimmel
die Wolken unterglüht,
aus erster Welt erschienen
ein flammenthauchtes Feuer
tiefwallend ohne Regung
erblüht am Grau hinloht.
Es steht ein Tor wo offen –
die Flut des Rosenlichts
strömt durch den Spalt herein
ins irdisch trübe Wesen:
ein Ewiges, höchstvergänglich
im Zeithaus gegenwärtig;
ein blickverirrter Strahl . .

Es hält die Augen oben,
was nun auf Erden ist,
im Abend dieser Stunde.

Apokalyptisch

Verwickelt schwach in Glanz
sah ich auf meine Wege:
zuviele Sterne strahlten.
Zog Ewigkeit die Schleusen,
flog Zeit und Raum davon?
Kein Vorhang war: das Ganze
brach her, der Fang im Netz,
die ungeheure Reuse
voll Welt quoll funkelnd über
am Ende aller Tage!
– Doch mir war nichts gesagt.
So dankt' ich für Erhellung
und ging der Pfade jenen,
den ich auch sonst gegangen.

Draußen im April

Im Frühlingsdunkel blüht
das Einfachste der Welt,
aus grauem Gang des Tags
erdeigen träumend Licht.
Gewirkt gewölktes Tun
rauscht barhaupt Wäldern auf,
flicht hin aus Tor in Tor,
hartstarrend Hügeln her.
Aus Finstrungen der Welt
gebar sich Blütenschein,
als ausgeschwärzt das Licht,
erfährt sich Leben erst.
Es schnaubt im Schwall heran,
dann strahlt und kracht der Blitz;
des Allschlags Furchtbarkeit
löscht Wasserdämmern aus.
Die wilde Nacht rollt fern.
Feucht ziehn zur Sonnenschau
des Himmels Räume auf.
Die Schöpfung wächst und trinkt.

Nachtvollendet

Das Tal mit seinen Bergen
hat grade noch gedämmert;
nun sperrt das Dunkeln alles
Hinausschaun ein ins Auge.
Mit Schwarzgebäumtem, Grillen,
versunknem Wasserspiegel,
mit Sommerlauheit füllen
sich alt die Zeiten wieder.
Kein Wunsch geht da verloren,
so schweigsam reifts im Tale;
Traumhaftes überstirnend
bricht Welt auf licht im Finstern.
Nicht Himmel und nicht Erde,
nur ihres Schattens Grenze,
springt stürzend auf, was ewig
hängt zwischen Grund und Gipfel.
Hier ist das Eine, droben
das Andre; und inmitten
das Steile zeigt des Lebens
endloses Ganzes-Wagen.
Es ruht. Das Nachtbeginnen
läßt alles Unbewegte
aus einem Größten kreisen;
dran sich das Tal vollendet.

Abendphantasie

Es war ein Land, das stets
am Abend erst am schönsten war.
Man sah, wenns dunkelte, aus ihm hinein
ins Goldne einer aufgetanen Welt,
die, unerreichbar, noch ihr Licht verstrahlte,
und rötlich schiens in seine Berg und Täler.
Dort, einsam oder an der Hand gefaßt
zu zweien, gingen viele, badeten
sich mit dem Tag im Rot und träumten auch
hinüber. Abendland, vergänglich
bewohnte Unvergänglichkeit, dein Glühn
wärmt noch die Erde. Laß die Nacht nicht schon
sich ganz verkälten. Ohne letzten Schein.

Abendrot

Auch dieses Ganze war nun fast vorbei.
Wer hats gesehn, ergriffen noch, geweckt
zum Staunen, daß zuletzt ein volles Sein,
das nur in einen Tag geht, außer sich,
zurückgelassen, klar Gewesenheit
erreicht, wenn erst im Brand des Hingangs Jetzt
zur Welt erglüht? Was war geschehn, wem denn
erzählt' sichs und wo hob sichs auf, wie groß
in Himmeln Aufgeblühtes Einschau schuf
und Tröstung? Offenbarung schloß sich, Traum
begann. Unsäglichkeit wuchs sprachlos. Nur
das Herz, vor Überweiten, schlug und dankt'.

Nur hier noch

Die Berge siehst du wintern im tiefsten Grau,
lichtlos das Tal, die Mauern im düstern Wald:
„Hab hier kein Leben", sagst du, „wo Wölfe gehn,
wo immer Adler hausen und schrein im Raum,
nur Gott zum Freund." Clarissa, Eugenie,
es gibt kein Draußen mehr. Eine Welt verdarb.
Wildwasser feuern ringsum, die Tanne steht
im wüsten Zwielicht aufrecht auf kaltem Stein,
gehts tag- gehts nachtwärts; Abend- und Morgenrot
ziehn oben, überblühender Brand, vorbei.
Doch hat nur hier das Sein noch die Erde lieb.

In der Urzeit

Nachtwolken gehen grau von hier bis an den Pol.
O dunkle Winterszeit.
Bergfalten ein birgt sich verschneit Gebüsch
und Felsenwohnung. Schwarz die Wand,
davor im Rauch der kalte Fluß. Der Mond,
verschleiert, spendet fahl sein Licht.
Jahrtausende vergehn. Die Furt
bleibt ohne Steg. Die Fische springen. Nur der Schnee
zeigt immer frische Spuren zwischen Fluß und Wand.
Die Welt bleibt einsam. Doch schon lebt der Mensch.

Herbsttrauer

Oktober schon. Auf Bergen späte Zeit.
Schön zeigt der Räume Tiefblau sich verhaucht.
Hart alter Wärme mischt sich rauhe Luft.
Kein Laut, kein Ruf ist hörbar. Tag wie Nacht
steht unbewohnt im Schweigen. Übrig blieb
was träumt von Stein zu Stein, von Baum zu Baum.

Verwildert, silbersamendürr schmückt sich
sein Kleid der Berg. Er flammt in Malerei.
Taukalt entzündet früh sich Herrlichkeit.
Verzauberte betränk das Abendlicht.
Und starrend groß schlüg Sternschein dich in Bann.

Auf solchen Bergen ging ich, brannt das Herz
mir trauervoll. Weltgegenwart war zart,
doch grenzlos spürbar. Menschlich Lebenszeit,
als Eichenstämme flüchtiger erwarmt,
schien wie das Gras im Raschellaut zu wehn
aus totem Grund. Gefieder, Eishauch, Fisch,
floß Blenden hin am Himmel, und am Fuß
stieß spröd in Schütten ausgebräuntes Laub.

Altstarke Baumgebäude hoch im Wald,
die Säle drunter dunkelten vor Glut,
und Feuerschleier, Reste großer Zeit,
in Kronen. Frei, von Wiesen dann das Schaun
bergüber welthinaus: das lag, ein Reich
beherrscht von Erde, über Rücken hin
 im Tagverscheiden, jahrzeitreif und streng

gesättigt; lag im Sterben. Herbst stand ein,
und Tod, der heut nicht ist und immer morgen,
macht' alles schmerzlich-inniger umarmt.

Rauhnachtabend

Westost im Sturmzug rollt der Weltenhimmel
mit letzten Wolkenröten, ungerührt:
im Grauerloschnen flammt noch einsam Glühn.
Im Strom der Wanderflutung mitgetragen
geheimnisvolle Feuer da und dort,
wie Traum-Auflohen in den Schattenreichen:
Beseeltes scheint zu blühn im Schicksalsgang
stumm-elementischen Geschehns. Jetzt tu
die größten Fragen die du hast. Dir wird
in rasch verblühten Bildern unvergänglich
zu schaun gegeben, was dir selber ewig
voraus ist. Ahnung wunderbar erklärt
dir alles. Färbung, Abendrot, vom Sturm
zur Nacht entführt, im Himmel ders vielleicht
nicht weiß, fast schon aus Lichts entferntsten Säumen
herausgerückt, entzündet noch zuletzt
an Rätselzaubern, was ein Mensch versteht,
in tiefster Brust von Wahrheit angerührt.

Wintermorgen

Lichtröte. Tagausfahrt flammt überglüht
zum Weltbrand auf von Wäldern. Schneebereift
täuscht innen Winterdämmern, rosig sei
Lichts Feuerhaupt schon aufgestiegen. Tot
lag diese kalte Nacht, die Finsternis
durchkreist von Ewigseins Kristall. So schlich
das Grausein träumend wie die Zeit herein,
erwachend stand im Aug der Seele Haus.
Dem Licht noch schlafend opfert früh der Wald
im ersten Schimmer. Draußen aber wächst
durch noch nicht aufgemachte Räume Tags
Vorfeier: Aller freie Glanz und Schein
wirft Glück voraus, am Himmel blitzt und drängt
ein überfülltes Kommen; selig tritt
in Wipfeln Gold aus, Wintersonne stößt
herauf, und rauh im Silber strahlt, so weit
das Licht anschlägt an weißen Wäldern, Frost
und Blüte einer neuerweckten Welt.

Große Winterlandschaft

In dichter Schönheit, kälterauchdurchstrahlt,
blühn Rauhreifmorgen baum- und waldgehäuft.
Voll hat die Landschaft heute das Vertraun
der Erde: zart, Geschick einladend, liegt
erwartend Welt durchsonnt; ein lichtverklärtes
Verschneitsein hüllt die Gegend, aufgewunden
am Weg, eindringend: winternd Leben haust
mit Sommers Reizen, örtlich Wärme träumend.
Zeithell geschrägte Schatten, Dächern gleich
dem Dasein Wohnraum wipfelher zum Lichtgrund
für kurze Stunden stürzend, Innenreiche
durch Wälderrand heraus verlängt, sie stehn
sich ähnlich überall: ein Meer von Freiheit
füllt still die alten Tiefungen der Erde
mit Hoheit. Tages Sage, ätherblau,
All-nah und Einheit-gläubig, blitzt in Kraft.

Erlaubt ists auch, an reinsten Tagen, wild
dem Winter wo er blendet nachzugehn;
sich durchzustreiten, bis das Blut im Glück
dir hämmert. Aufgebäumt im Schnee, hält Ödnis
dich banngefangen. Hier hast du zu zeugen,
daß Ungeheuerstes geschieht. Noch nimmt
das Weltsein Einstand. Herrlich starrts im Rätsel,
träumt eine lückenlose Zeit von je.
Rauhsterngebaut im Brombeerstrauch, erblitzt
die erste Laube; wüster Aufwuchs sperrt
breit südverströmten Waldbruch; Schlucht und Hang
verlocken lichtgenähert, stammaufsäulend,

durchklärter Mühn Gewinn. Auf Kuppen horstend
verschaust du dann, was unermeßlich sonnwärts
noch fehlt: in Wintermilde schmilzt der Raum,
ein Hauch, fast lieblich, eint die grausen Weiten.

Licht, leicht mit Schatten kämpfend. Manches Tal
schmiegt sich in seine Enge. Ahnungsreich,
vom Mittagszauber rings vereinsamt, wächst
dem Weltgang Stockung. Schwimmend trägt der Blick
zu hölzern schwerem Wald: dort gräbt sich ein,
was länderüberdauernd Zeit beschließt
in wuchtigen Gehäusen. Schweigen hört,
wer einzudringen wagt. Dem Draußen, irrend,
verfließt sein Lebenhaben, Glast und Schein
tief vorgeträumter Fremde. Erdgemeinschaft
schoß weit ihr Band ums Ganze. Aber eigen
schaut Schatten aus der Schlucht, liegt baumgegittert
Grauhelligkeit am Bach, glänzt scharf zerschnitten
zwischenzerschmolznen Ackers Frost. Und Plätze
geraten auseinander, drauf die Strahlung
des Lichtreichs Stadt der einen Stunde baut.

Zu Winters spätrem Tag! Traumbrechend wirbt
für wacheres Geschick vor seinem Ende
ein gleichgemeßner Raum. Von Punkt zu Punkt,
dazwischen, übertapfend Tal und Hügel,
die Spur versinkt, wird Leuchtendes lebendig.
Am Waldeck schneeausbiegend, bachgekrümmt
vor weißen Bäumen, wo Gesträuch sich schwärzt
in Mittelgründen, mahnt ein klarer Ernst.
 Gerader gegendunkelt Golden-sonnen

Freiweiten überher, bleibt hochumglutet
kühn Aufgerungnes stehn; ins Blau gefallen
reißt, ausgewandt, Lang-schatten her der Hänge
durchs talgedoppelt schweigend Licht. Nun geht
kein Wandrer mehr vom Haus. Doch Außensein
in keuscher Kälte, auf zu großem Plan
noch im Geleucht zu stehn, ist tief und herrlich.

Kühler Tag

Des Sees sich waldab schwärzendem Wassergrün
weckt heut ein grauer Himmel den Eisenglanz;
auf dunklem Spiegel schaudernd, rieselnd
wandern die blindenden Windgefilde.

Unmutig, wer im Düstern am Hang fortschleicht,
ihm blitzt nur selten flüchtiger Blink herauf;
doch herrlich lohnts an freien Stellen
und überwältigt das Schaun im Ganzen,

wie dort der See liegt, abgründig, rauh erstrahlt
im Schimmern ernster Flächen, lebendig wahr;
ihm ist, beschränktem Tag geöffnet,
heller das Licht und die Tiefe schwärzer.

Den Schwimmer, der voll Ruhe in dunkler Flut
durchs Kühle zieht, weht plötzlich, dem Ufer fern,
ein Schaudern an, sieht er um sich auf
fröstelnden Wassern den Himmel beben.

Mondnacht

Jetzt in der Mondnacht Reinheit und Dämmerschau
beim Erderglänzen draußen zuhaus zu sein:
Im Wald schließt tiefverstrahlt sein Wesen,
silberumwandelnd im dunklen Irr-Raum,

das Zauberlicht, glüht Blätter zum Rosenstrauch,
läßt Örter unberührbarer Wildnis blühn,
daß Scheu vorm Blitz der Einsamkeiten
schicksallos nimmer den Bann beträte.

Frei brennt im unbegreiflichen Traum des Jetzt
auf Wasserflächen uferhinaus der Bann
von seligen und reinen Mächten,
Lichtgründe, aber des Abgrunds Aufglanz.

Wenn Heimatgegend, wenn noch ein Tal, geschont,
vom Mond sein Licht hat, schlafend im dunklen Schein,
fast weiß wächst dann der Glanz auf Dächern,
strahlenverschneit unter Gartenbäumen.

Aus höchstem Nachtstand füllt auf den Grund die Schlucht
Lichteinfall, senkrecht: schäumender Sprung und Gischt
tobt, daß die nassen Blöcke glänzen,
erdenweis ewig, Gestirn ausblendend.

Der Gletscher Mondnacht: Göttergefilde, hell,
unnahbar deutlich, schwingen dem Weltraum zu,
der schwarz im Tausendbrand der Tiefen
 jungfräulich strahlend die Silberkugel

als kleine Sonne scheitelnd Gewölb durchziehn
und Glanz im Eisbruch wachsen und schatten läßt,
kristallisch grau den Strom der Feuer
steil ins kristallene Lichtfeld stürzend.

Dann lichtumbadet, rings wo Gebirg aufragt
so dicht wie Wipfel, wach in den Fernen sehn:
ein Dämmern glimmt an allen Enden,
Klarheit steht offen viel tausend Orten.

Am Strom

Herbstwäldern aus und nieder durch Gärten steigt
der Wandrer, tritt ins vollere Licht am Strom
– groß lockt das Goldne unter Bäumen
glühend hinaus wo die Spiegel reisen –,

schaut in des Immerseienden altem Glanz
und träumt des Niegewesenen Abendwelt,
hauseingekehrt ins Allerinnern
diesseits des Abschieds und vor den Fernen.

Ihm ists der Punkt der Erde, da Heute sich
dem Ganzen voller zuzählt als andrer Ort;
hier spielten ewig schon die Geister,
blitz-innen Aufgang in Ausgang tauschend.

Die Zeit verflößend trägt sich der Rest vom Tag,
und größtes Leben baut sich auf Wassers Schein,
an Ufern heimatwarm hinunter;
der aber steht in die Knie geschlagen

und bis ins Haupt verwurzelt, verpflichtet noch
zu letzter Zeugenschaft, in des äußersten
Vorübertreibens halber Welten,
Dunkelns verschatteter Schemen, Bildern.

Der Garten
Meinem Bruder

An Sommers Schwelle streift mir des Morgens Licht,
Baumdunklung blattdurchleuchtend, das Gras im Glühn;
im Halbtraum find ich mich in jenen
Jahren zurück die nicht wiederkehren,

wo unausschöpfbar Gärten im Glück der Welt
die Stunden flossen, jede ein Wogen trug
und draußen hoch das Unbekannte
lockend hereinschaut' mit Abenteuern.

Den Waldplatz seh ich, Ahorne, Linden blühn
im ersten Feuer, wenn in den Rosen noch
der Tau blitzt; und der abgefallnen
staun ich, wie zaubrisch gefügt, ins Wunder.

Der volle Kirschbaum ruft mich zu Gast ins Laub,
das licht gebrechlich ästige, steigvertraut;
heiß dort am Zaun vor Schattens Grenzen
ausäugen Ribisel, Stachelbeeren.

Die Gräser reifen. Tief durch die Halme furcht
die Spur zum Thujen-Baumsaal. Des Schneeballs Blust,
Goldkäfer voll, reizt wie Hollunder
immer zu riechen. Dahinter dämmert

der Doppelraum der Eichen, geschwisterlich
getrennt beherrscht: gradwüchsig der eine, krumm
der andre hochgeschraubt, doch einig

wölben sich droben die Brüder-Bäume.

Kühn auf ins Baumland wagt sich Entdeckungslust,
den Wipfelkronen trauend in Bruch, Gefahr,
dann still wie Vögel nistend, hausend,
träumend ins Welthinaus rings und Schicksal.

Den Wettlauf hör ich rund um den Garten, hell
die Stimmen: dort die jüngre, die Vorsprung hat,
jauchzt von den Zwetschken, den Marillen,
schon wo der Waldweg mit Moos und Nadeln

im fernsten Winkel unsichtbar läuft und dämpft;
die ältre, fliegend, keuchender, rückt rasch auf,
stürzt dann als Sieger zwischen Tannen
plötzlich, Magnolien vor ins Freie.

Gebüsch und Wäldchen deckt, wo der Dreiweg sich
in Feuchtnisdunkel schwärzt, von verbotnem Spiel
die Wasser langsam auswärts rinnen,
nicht mehr benennbarer Freuden Werke.

Rotkerziger Kastanienreihe Schutz
läßt Sonnenschatten heißer die Runden drehn
vor goldnen Stauden, Feuerblumen,
Dahlien Heimat und Ritterspornen.

Hier taucht die Welt auf ewig aus Rätsels Glanz,
lichtatmend traumabgründig; der Fremdschein blinkt
vom Augenblick wie Brunnenschächten
 Spieglung zutag. Hier verstreicht dem Morgen

die Zeit noch lang im Schatten, doch Sonne läßt
vom ersten Strahl nicht, zündet dem Raum, erglüht,
sogleich das höchste Feuer, Mittags,
Nachmittags Häuser zum Abend bauend.

Die Reiche wechseln. Immer hat eines grad
die neugefundne Mitte – und sei's am Rand –,
wo's königlich scheint heut zu wohnen;
aber so viel ich auch suche, selbst bei

des grünen Nußbaums Treue, Resedenwand,
und wieder bei den Rosen: es will mir heut
nicht werden, daß im abgeleerten
Garten ich Auskunft und Heimstatt finde;

und nie. Die Bilder blassen, ich bin allein.
Noch zeigt' sich mir der Weg nicht, ins Paradies
zurückzukommen, dort wo liebe
Schatten mich locken, zu lang entbehrte.

Ausweg

Hier gehts nicht rechts, nicht links:
die Talwand grad hinauf,
dort winkt ein schöner Stern.

IV

Gereimtes

Der Engel

Hoch fuhr des Sternzugs Bahn. Doch überdicht
kam mir die alte Wehmut vors Gesicht.
Ich sprach: Gebürtig bist du aus der Nacht.
Wie, daß dein Haus doch stets für Flamme ficht?
Spät gingen wir zusammen, eilten fort,
wohin kein Gänger mehr sich Straße bricht.
Vor Fels gelangten wir, vor Strand und Strom;
kein Lämpchen trägt der Berg, der Kahn kein Licht.
Da rief ich: Halt nun an und weigre nicht
dein Ohr dem Wort mehr, das ein Mensch dir spricht!
Sieh, wie verschenkten Rückwegs, traumgequält,
das Land im Rauch brennt, wacht aus Schlafs Verzicht!?
Ein Trunkner stürmst du, aber gleich im Grau
stehts in Ruinen, drein sich Nachtschein flicht.
Wie wird noch Morgen, wo der Schöpfung Licht,
fern fern erfunden, Hoffnung übersticht?
Drauf er: nichts mehr; doch an der Hand führt der
mich schweigend. Reißt mich glühend ins Gericht.

Im alten chinesischen Ton

Waldüber leuchtet Abend in der Fremde.
Vergeßne Zeit, da dir noch Heimat war.
Nun wäscht der Fluß dir hier dein einzig Hemde.
Das andre findet sich. Schon Jahr um Jahr.

So ganz bist du der Welt doch nicht entkommen,
begegnet dir, wer selbst nicht Heimat hat,
tief in den Bergen, eh der Tag verglommen,
ein Fischer, Jäger, oder auch Soldat.

Man spricht nicht viel in diesen öden Weiten.
„Von wo?“ „Gebirg. – Das Ziel?“ „Der Fluß gibt Rast.“
Dann siehst du noch den Kahn stromab entgleiten
und steigst waldein zur Hütte, ohne Hast.

Nur manchmal, drängt sich Abendglühn schon milde
ins Schwarz der Wipfel, denkst du doch der Zeit,
stehst hingebannt zu jenem letzten Bilde:
Stets höher wächst um dich die Einsamkeit.

Ein gleiches

Bergabends Ziel: ich steig hinab.
Das Tal verstreut die Hütten weit.
Felshauptdurchglüht: der Sonne Grab.
Dort wandr' ich früh in Einsamkeit.

Seit ich mich wahr zur Welt gewandt,
floh hin, ward Schein, was wesenlos.
Das Dasein: abendstrahlentbrannt.
Vertraut die Fremde: nah und groß.

Was ists, das mir der Tag gebracht?
Des Lebens Gut: ein klares Herz.
Starr zündet Stern an Stern die Nacht.
Die Erde, schwarz, schaut himmelwärts.

Ein Hier: versteckt an jedem Ort.
Ein Jetzt: in alle Ewigkeit.
Im Bach spricht stetes Schöpfungswort.
Tief weiß ich: dies ist meine Zeit.

Gebirgsmondnacht

Der volle Mondschein klärt die Erdendinge.
Im Ganzen ist die Welt doch nicht zu fassen.
Wenn im Gebirg dir jetzt sein Schein aufginge,
sähst ahnend du in Licht- und Schattenmassen.

Der Blick ist träumender als wie am Tage.
Das Lautre ragt, durch Einfachheit gemildet,
es steht das Große groß und ohne Frage.
Im Dämmerglanz scheint Wahrheit ausgebildet.

Aus Schattengrund gewölbt zu Schnees Erleuchten,
von Wäldern glimmend, almhell Zauberzonen,
aus Tobeln kochend, lichtaufdampfend feuchten,
freut sich ein Berg, im freien Mond zu wohnen.

Glänzende Bäche rauschen an ihm nieder,
er steht im dunklen Lichte, erdentsprossen,
hell blüht die Nacht um ihn, er träumt sie wieder,
in allen seinen Falten geistergossen.

Hoch grauts im Lichtraum zwischen Erdenschollen.
Urzeiten sind durch gleichen Traum gegangen.
Das Strahlen dichtet fort am Rätselvollen.
Tief hat sich Mondnacht im Gebirg verfangen.

Dem Bergsee glüht im Spiel der Einsamkeiten
der Spiegel im Geröll. Die Gipfelspitzen
küßt immer Silberschimmer. Hochtalweiten
graun Leere, wo lebendig Fälle blitzen.

Langsam im Lichtgang rückt an Felsgestalten
schaubarer Glanz: es lebt das rauh Gebäude.
Ein Lichtmeer starrt, wo Gletscher sich entfalten,
nachtstaunendem Geblendetsein zur Freude.

Ständig im Hallen, ständiges Haus der Strahlung,
wo Eis und Schutt und Trümmer wild sich betten,
stehn Kare auf, empfangen Glanz und Fahlung,
Klarsichtbarkeit, die wüstesten der Stätten.

Kristallen schwingt der Mond den Wechselbogen
ob aller Wildnis, die da äugt im Wachen;
die volle Mitternacht ist eingezogen,
und eins im hohen Licht stehn tausend Sachen.

In ihm, Rast-eingekehrt von längster Reise,
wallt noch die Seligkeit des Alls. Unbändig,
doch kalt schönt rauhster Glast Gesteines Weise,
Sternfinsternis in sich, starr-gegenständig.

So kreist du klar-berauscht im Zauberwirren,
bist Tritt um Tritt am Ziel und ewig ferne.
Lichtgegenwart ist, im Gebirg zu irren,
ur-allhaft ausgespannt von Stern zu Sterne.

Noch spät, wenn schaudernd sich dein Geist befeuert,
stets träumerisch-erregte Schau erneuert,
zeigt dir ein Gipfel, hoch zum Mond erhoben,
wie dämmernd Erde schläft am Licht von droben.

Erdumschauend

Es blaut das Weltmeer tagelang
still strahlt des Lichtes Überschwang
Du siehsts von einem andern Stern
und wärst doch auf der Erde gern

Der blaue Stern der ist verwehrt
nicht ist dir Heimat zugekehrt
Die alte Welt wie groß sie sei
gib acht du träumst dich noch vorbei

Der Frühwind steigt die Flüsse an
Licht brennt am alten Ozean
Im Glorienglanz baut Sonnenzeit
auf Wasserfernen Ewigkeit

Golden im Blenden zitternd schlägt
ein Archipel der Schatten trägt
Entlegen ahnend rings im Hauch
rosige Küsten grüßen auch

Aus Südgolfs Bläue siehst entglühn
du meereshell ein zartes Grün
Im Norden aber überstrahlts
Glanz wüstenrötlich fahl von Salz

Breitästiges Geström wie Blei
schmilzt widerschienen lischt entzwei
Gewölk von Segenslicht umstellt
eint dämmernd unter sich die Welt

Hier liegt ein Haff es sternt durch Dunst
Urwälder schwer durch Flusses Gunst
Dort zwischen Hügeln blau von Staub
ein Geisterwald starrt bar an Laub

Mondberge wässern weiß den Fuß
Vulkane schwärzt der Feuerschuß
Verträumt in Buchten schürzt das Land
lacht warm aus fröhlichem Gewand

Blitzfernen schauderts einzuschaun
wo Wolkenschlachten Berge baun
Sturmgrau bleibt drunten zu erspähn
ein Felsland wüst in schaumigen Seen

Aus Glas und ewigem Abendrot
liegt Welt am Lebensrand wie tot
Sie steht entgegen glüht im Eis
blüht nachts im Rücken gleicherweis

Lichtzäune flammen kalt durchspielt
drin Erdkraft hoch ins All aufzielt
Tief dunkelnd ging der Stern zuend
öd wo sich Land und Meer nicht trennt

Erdfern in urgestirnter Nacht
ist die Umkreisung bald vollbracht
Aufblickt ein Hellschein tief versenkt
Dort wird ein neuer Tag geschenkt

Im Winter

Noch klar im Licht, doch zart und kalt
und gläsern liegt im Winterhauch
so Feld verschneit und Wald, und bald
auch birgt sich das Gestirn im Rauch.

Durchbrochne Bäume, tanzerstarrt,
wie Reisighaufen, lichtgeschwärzt,
behausen sich mit Gegenwart,
macht sie die Sonne blendgeherzt.

Das dicke Gras tritt weiß und weich
vom Reif sich; aus durchschmolznen Aun
glüht offnes Gold, und feurig reich
vorm Waldsaum leuchtet Buchenbraun.

Frostaufgebrannt blüht Beerenrot
noch am Gesträuch vom letzten Schein;
auslöschend ziehn, und alte Not
kehrt wieder, lang die Schatten ein.

Tief abgedrängt vom letzten Quell,
der strahllos in die Graunis sank,
hindämmert Schneewelt, die sich schnell
Erstorbenheit vom Abgrund trank.

Was zwischen Hügeln hauchgeschopft
wie eine Wipfelreih im Duft
heraufragt, buschig, langgezopft,

ist neblig überm Bach die Luft.

Doch wie sich finsternd die Gestalt
wo Wälder stehn verliert und dort
als Drohn auswächst und Klumpen ballt,
da duckt sich Weite, Ort um Ort.

Ein Winterabend fällt zur Nacht.
Wohl ists das letzte, was geschieht.
Voll bleibt auf Erden nur die Pracht
am Himmel, die ins Ewige sieht.

Bergabend

Spät die Sonne höchsten Jahrs
stand im Bergwald heimatreisend,
lau ihr schönes Feuer weisend
durch die Stämme; Abend wars,

oder Nacht schon, denn die Tiefen
lagen schattengrau im Traum;
nur die Glut wacht' noch im Baum
hoch am Berg: die Vögel schliefen.

Wunders nächste Augenblicke!
Keine Zeit der Welt, doch Zeit
ewig wie die Ewigkeit,
schlafverwandte Zauberblicke,

wie Gestirn als Ball im All
einkehrt', taucht' in Atmosphäre!
Wie daß es nicht wiederkehre
zögert's. Losch erst ganz im Fall.

Winterlied

Winter zieht ein!
Laßt ihn nicht herein,
er mag draußen bleiben
mit Stürmen und Schneiben.
Der klaren Nächte
froststilles Klirren,
demantenes Flirren
der Sterngeschlechte,
das leichenweite
Gefilde, Gebreite
tiefverschneit:
es ist nicht die Zeit.

Winter zieht ein!
Jetzt kann er herein,
an windstillen Tagen
sich strahlend betragen;
soll schneedurchschmückt
auf ins Blau entrückt,
bergmorgenverzückt
mit den Wäldern ragen,
lang abends blau schatten
durchs Leuchten der Matten,
bis den himmlischen Stand
hält der Mond überm Land.

Der Leser

Die Nacht stand starr; der Regen war vorbei.
Am offnen Fenster nicht ein Laut. Mein Licht
schuf unter Bäumen strahlend einen Raum.
Gedeckt die Welt: macht' sich im Innern frei.
Ich las mich aus dem Buch in ein Gesicht.
Ich war im Wachsein hier – und dort im Traum.

Tief folgt ich einem Schicksal in den Grund.
Es glänzt' von Waffen. Banquos Geist trat nah.
Schon schwankt' der Wald – Da hört ich einen Schrei,
und wußt nicht, kams hervor aus meinem Mund,
oder obs draußen in der Welt geschah.
Und wieder stand das Schweigen einerlei.

Licht unterschieden lag ein Dort im Hier.
Traum schuf in beiden Wirklichkeit, war zwei
und wieder eins. Verdoppelt zeugt' sich Nacht
aus einer Dichtung Raum. Hell vom Papier
aus Zauberkräften zog sich Welt herbei.
Und in ihr lebt', was ich erst grad gedacht.

V

Im Sprechton

HvH an einen Schiffsfähnrich
Für Rudolf Hirsch

So weiß vom Mond und von der Sonne glühend
sind jetzt die Tage, wie du selten sie
in einem Land gesehn hast, und du warst
doch weit herum und sahst die schöne Welt.
Ein heißes Flammendes und dann ein kühles
regloses Glänzen all die hohe Nacht, –
so Tag um Tag; und dann die Abende:
„In allen Wäldern wird das Licht gemäht,
und Feuerwiesen ziehen mit den Flüssen
die Stunde abwärts in die Spiegelmeere."
Die alten Verse fielen mir jetzt ein,
die ich vor Jahren schrieb und stehen ließ,
weil die Verzauberung, die streng in Dienst
uns nimmt, mir schwand, und wir nicht ohne sie
die wundervollen Flügel brauchen dürfen.
Sie trügen nicht . . Du glaubst nicht, wie das war,
wenns mich so aufhob . . Und dann kritzelt ich
in mein Notizbuch, auf ein Stück Papier,
was halt zur Hand war, einen Briefumschlag,
oft in ein Buch, weils sonst, das wußt ich ja,
um alles nicht mehr einzuholen war.
Es ist fast lächerlich – das spürst du, wenn
du still auf Meeren liegst mit deinem Schiff –,
so auf den Wind zu warten. Gelt, ihr pfeift
dann gar, und heut heizt ihr den Kessel. Zwar
der alte Goethe – weißt du viel von ihm? –,
der konnt der Poesie auch kommandieren.
 Da war er über achtzig, und ihm schiens

ein groß Geheimnis, wie er davon sprach,
in einem Brief wie ich zu dir, und auch
zu einem, der, wie du, viel in der Welt
gewesen ist. Denn dies, daß einer Welt
gesehen hat, das brauchen wir in euch.
(Daß wir sie schon von Anfang an in uns
– als wessen Erbe? – ganz besitzen: das
erklär ich dir ein andermal.) Ihr habt
das Abenteuer, jeden Tag der Welt
steigt einer von euch auf durch Ungetüme
zum goldnen Wasser und zum Wundervogel
der sprechen kann, in Tausendeiner Nacht,
und er erlangts, weil er den Kopf nicht wendet
von seinem Ziel . . Weißt du, wenn unsereiner,
rundum den Kopf voll Augen, ja sogar
wie einer der sich selber zuschaut, weil
er auch das andre alles ist, der Berg,
die Nacht, die Tiere, aus dem Zwischenreich
von Tat und Seele wieder an den Tag
heraufkommt, ohne Eurydike, heißts,
er hat sich umgewandt; der andre aber
bringt dem Admet Alkestis mit herauf.
Du weißt doch auch ein bißchen noch die Sagen
der Griechen, die man uns als Buben gab?
Den Herakles, der jeder heimlich war,
den konnt hinwieder ich so recht nicht leiden,
ich liebte mir dafür den dunklen Schelm,
der Wein und Efeu zaubert' auf dem Schiff
und Luchse, Bären, den Dionysos,
und dann den andren von den Argonauten,
 den Orpheus (denn das grausige, zuletzt,

sein Ende, drüber las ich stets hinweg);
doch daß er dies getan, war schön. Kann sein,
ich schick dir einmal etwas, wo das steht.
Nicht den Euripides. Nur hätte der
sich im Elysium vielleicht nicht so
beklagt, zusammen mit dem Herkules . .
Hab ich dir nicht schon oft und oft gesagt,
du sollst den Goethe lesen? Nicht nur so,
wenn du nach etwas suchst, was einer dir
ganz gleich, ja schöner noch, vorausempfunden,
nein, immer, weil du gar nicht weißt, was da
in dir drauf wartet, daß du es erkennst,
und was für Mächte das regieren, was
ihr meint so gut als Welt zu kennen, die
ihr selbst Gestalten seid in eines Dichters
ursprünglich-unerhörtem weisem Plan. –
Bevor ich schlafen geh jetzt, tret ich noch
für eine Weile in den Mond hinaus,
da denkt man wohl einander . . Doch verzeih,
ich kann dir die Gedanken nicht versprechen.
„Nicht ich, nur Gott." Der das gesagt, der hat
was Goethe wollte fast noch einfacher,
natürlich-strenger fühlen können. Er
ist hier noch da. Ihm bleib ich nah. – Gutnacht.

Gurktaler Weg
Für Michael Guttenbrunner

Im Sommer wars. Wir ließen früh das Tal
im Regenglanz und Rauch der Dächer, stiegen
durch Wald hinauf; dann wandelte der Weg
an langen Hängen hin durch Einsamkeit
und band nach Wald und Wiesen Hof an Hof,
einschichtig; Falten, Gründe lagen tief
gelegentlichem Blick, und hoch erschienen,
hinausgebaut auf Riegeln hart am Absturz,
die Königssitze: Stadel, Haus und Stall.
In Feldern drunten in der Mittagshitze,
bescheidnen Kirchleins Schlüssel auszubitten,
das Abenteuer mit der Mesnerin,
uralt und halb ertaubt; ihr schiefes Häuslein
lag zwischen Linden samt dem Gärtchen, kaum
fand sich der Eingang; drinnen aber wars
mit Kammer, Küche, Keller wie verzaubert
auf engstem Raum, und wunderbarem Hausrat;
dazu umständlich, doch nur halb verstehbar
in alter Mundart, hergekramtes Leben.
Im Rücken offne Schwüle, wandten wir
uns in ein Seitental; und stieg der Weg,
so strengt' sich diesig grell ein Bangen, droben.
Hier schnitt man mit der Sichel noch die Halmfrucht,
gebückt am Hang vorschreitend in das Feld.
Die waren hier zuhaus. Wir fragten zweifelnd:
Da sei's noch weit, und könne wohl ein Wetter
aufkommen, hieß es, sei auch fern schon Donnern
vernehmlich; doch es solle viel nicht werden.

Es kam dann auch und hing an den Gebirgen
im Weiten fest, durch Stunden, leis die Länder
herwärts nur überdachend. Und das Schauspiel
vor sich zu haben, hoch auf langen Rücken,
war bis zum Abend wie ein Fest. Durchnäßt,
doch vom Gewesnen übervoll die Brust,
hielten wir wortkarg Einkehr für den Wirt. –
Hinab! Das Bergdorf lag bald hoch zurück.
Wir blieben nun in einem reichen Tal,
fast bis ans Ende. Wandern mit dem Fluß,
mit Wiesen, Röhricht, Auen, steil gestreifter
schattiger Bergwand wo er rascher schäumt,
treibt, läuft die Ahnung jeder Krümmung vor,
eilenden Pulsschlags hin ins Herz der Welt.
Das Leben aber kennt sich schauend auch
im Blick der flüchtig haftet: Blütenteller
noch im Holunderstrauch; der Steg und Zaun
im Silbergrau, die Nesseln; gar das Wehr,
der moosig schwarze Wasserbau: es rauscht
die lichtgewölbte Woge, zieht dann still
zur dunklen alten Mühle; und das Heu,
Duftzauber dünner Schwaden, hingelegt.
Wieder wars Mittag. Stark aus Klarheit brannte
die Strahlung, all das Erdengrün saugt' Licht,
viel Raum stand tief in Baum- und Blätterschatten.
Unter der Brücke, Ahorn, Eschen, Erlen
schirmten die Stelle, schiens der, frech ergriffne,
günstigste Badeplatz, schutzlos den Leib
ins Brausend-Reißende zu werfen: groß
war, herrlich die Erfrischung. Aber schon
 betrats die Bohlen, hoch der Erntewagen

erdröhnt', und laut die Stimmen. Wie verbargen
wir uns ins tiefe Wasser! Doch sie hatten
zum Glück uns nicht gesehn. Im weiten Feld
das Städtchen, schläfrig, öd wie weißer Rauch,
ward uns nicht lieb noch kenntlich, daß wir eilten,
die Brust zu frein in unbedingter Welt.
Die Straße läßt das Tal wie ein Gemälde
zuseiten, das sich langsam weiterschiebt,
und du hast Zeit, die schönen Sommerwolken
gemächlicher als du hinwandelnd wandeln,
als reinen Daseins Bilder anzuschaun.
Das höchste Glück verschenkt sich auf der Erde
doch dem der wandert, dachten wir mit Recht.
Waldnachmittage, wenn der Ort dir neu ist,
Halbträumen sich nicht scheidet wachem Sinn,
das Gehn am Grund von nicht zu tiefen Meeren
durch Schatten-Hängen bernsteingelb im Licht,
und unvergeßner Raum sich aufschließt, einlöst:
ein Strahlen bleibt davon, du rufst es ewig.
Spät von der Burg, die mächtig sich ins Tal
auslädt mit der Terrasse, Linden tragend
– ein Brunnen floß, und in der Einsamkeit
des Platzes vor dem Schloß auf feinem Rasen
graste ein edles Pferd –, glomm Abend nieder:
einschwangen fern die Glocken vom verborgnen
Erzheiligtum des Landes, dunkle Klänge;
schwer dämmert' all die Gegend, längst blühts aus.
Bis wir den Wiesensteig hinunter tasten,
hüllt' fremd der Grillenfrieden rings uns ein. –
Am Morgen ging der Pfarrer selbst mit uns
 den Kiesweg bis zur Kirche, öffnet' knarrend

den dunklen Freskenraum; und wie der Winter
so lang und kalt hier sei und schier kein Schutz
hochaltertümlich mehr das Tor; das müss'
er opfern, hielt ihm keins ja bald noch bei
der Predigt aus, so grausam sei der Zug.
Derweilen blühten klar die Mauern auf,
kühn leuchteten die Bilder und Geschichten
frisch überbliebner Träume alter Zeit.
Nun gings dem Hauptort zu, gebenedeitem
hochwürdigem Marmorhaus. Jahrtausendfrühe
umgibts, wie es sie innen lieblich birgt.
Der Fluß, das Waldtal und das Glaubensbauwerk,
das stand uns auf, und unser Jungsein, damals,
die erste Reise: schon ein Teil der wahren
Vergangenheit, der hier aus Vorzeitgrau
forttürmend wieder scheu begrüßt, betretnen;
wir fanden uns zurück im eignen Leben,
zuhaus im Ewigsein der alten Welt.
Wie's recht ist, trug im Sonnenschein darauf
das Hier und Jetzt, gebognem Saum der Auen
am Flußlauf folgend, Aug und Antlitz anders.
Das tiefe Licht des Sommertags! Noch kamen
weitre Stationen, von der Vorwelt einst
der Landschaft eingefügt, als Wildnishellung
in rauhen Bergen. Aufrecht, zart gegliedert,
so stands im Hang. Die Köchin, in Gewölben
des Hauses schwer beschäftigt, gab den Schlüssel:
auch die paar Schritte jetzt hätt sie nicht Zeit
hinüber und wir schlössen selbst wohl auf;
es ging' gleich hier durchs Haus. Die Hinterschwelle
 verlassend, standen wir sogleich, und staunten,

eng vor der Wand, das Kirchtor über Stufen;
im Innern wars der heiterst-hohste Raum.
Der nächste Talort, dann sichs engt im Fortlauf,
trieb uns, abweisend, noch zu tüchtigem Marsch.
Hier war die alte Orgel einst vollzaubert
für zwei Zuhörer nur vom alten Mann
glasbläserhaft ertönt. Der Platz war staubig,
das Gotteshaus verschlossen. Steil die Glut
am Weg, einsilbig glitzerte der Fluß.
Entschiedner reift' uns Ausbruch aus dem Tal.
Ein Haus, beiseit die Schnitter. Weils zuviel
war was wir fragten, sandten einen sie
mit uns hinein; nur eine Junge wußt es,
und wie sie's herzählt' kamen alle dann
zur Stube, setzten sich ums Mahl: es wär
der alte Weg, der übern Berg, nicht mehr
gebräuchlich, und wir kämen in die Nacht.
So wars dann auch. Weil ichs erzwingen wollte,
verlorn wir, weit am Steilhang rückgedrängt,
kostbares Licht. Auf langem Kehrweg endlich
zur Höh gelangt, stand Sonne erdenan.
Das wüste Wirtshaus ungereut verstoßen,
tauchten wir frei, die letzten Strahlen über
dem Waldland, das im Berggewirr schon fern
die Hänge füllt' mit abgebrochnem Glanz,
den Abendtiefen zu und großen Schatten.
Wenn ewig rein das Dämmern auslischt droben,
längst sich die Füße Rechttun anvertraun,
dann Waldnacht schattenschwarz sich ausgefinstert
und Lauschen nur verbleibt und, Ausschnitt wandelnd,
im Aufblick Sternunendlichkeit verschimmert:

bist du in dir und in der ganzen Welt
ineins zuhaus, und du begrenzt dich nur. –
Der Morgen war, nach spätem Nachtquartier,
der schönste, tief im Waldtal, und der Pfad
in schattig-lichten Räumen wechselt' hin
als sollts die Heimat sein, mit Hügel und
mit Talung. Sonntag wars. Wenn Freiheit, Lust
am Wald, an Vogelstimmen, jedem Schritt
im Haus des Daseins, sehnsucht-glück-gemischt
noch tiefer wirkt als sonst, dann ists beim Abschied:
es ging uns diese Wandrung heut zuend.
Wer hier so wohnen könnte! Jedes Häuslein
mit seinem Glanz im Garten schien uns recht,
und die Musik des Hahns lag um die Höfe.
Dazwischen fädmet' ungestört die Stille
des Lichts im Hochwald, Leben voll. Getier
wob tief im Goldnen. Plötzlich standen wir,
sahn nicht gleich wissend was, und es wußts auch nicht:
da groß am Boden vor uns kroch ein Dachs,
urwelthaft scheu ein Wesen, sah uns an
und mühte sich zugleich – und trafs drum nicht –,
ins Loch zu kommen: da, da fiel er um!
Wir eilten mitleidvoll hinweg, die Scham
ihm zu ersparen. Quer im schmalen Tal
das Kirchlein, wohl nur wallfahrttags besucht,
doch rings im Friedhof glühts wie wild von Blumen.
Ein Bauer prüft' sein Feld; wir standen still
mit ihm im Mittagsschatten einer Esche.
Dann löst' sich alles auf. Noch dünn ein Wald.
Im weiten Talgelände lärmt' die Stadt,
 die eine; droben lag die andre. Mühsam

erfanden wir den Weg hinauf durchs Feld,
zuletzt an grauer Mauer. Wie ein Rückgrat
die ausgestorbne Gasse, alt die Häuser.
Und doch, uns klopft' das Herz. Hier war der Freund
geboren, der dem ganzen Land ein Stern ist.
Ach, nicht einmal sein Schatte war zu sehn.
Und doch, dies war das Ziel der langen Reise.

Inhalt

I *Freies, Kürzeres*

III *Gebundenes*

IV *Gereimtes*

V *Im Sprechton*